KB097631

너무 잘하려고 애쓰지 마라

너무 잘하려고
애쓰지 마라

—

나태주 시집

열림원

가끔은 실수하고 서툴러도
너는 사랑스런 사람이란다.

— 「어린 벗에게」 중에서

돌아갈 수 없는 길 위에서

　멀리까지, 참 멀리까지 왔습니다. 사막 같은 인생길 앞에서 막막하던 날들이 길었는데 이제는 적막한 마음뿐입니다. 뒤돌아보아도 돌아갈 수 없는 길입니다. 아닙니다. 굳이 되돌아가고 싶지 않은 길입니다. 다시 어린 날, 다시 젊은 날, 다시금 가난하고, 춥고, 그립고, 안타깝고, 따분하고, 그러고 싶지 않은 것입니다.

　그래도, 그래도 말입니다. 두 손에 아직도 시가 쥐어져 있으니 이 얼마나 다행한 일인지요! 어느새 마흔아홉 권째 시집이네요. 조금은 미친 마음이라고 생각됩니다. 하기는 미친 마음 없이 어찌 인생일 수 있으며 더구나 시詩 그것일 수 있을는지요. 다만 잠시 눈감아 이해해주시기

바랍니다.

　이번에 낸 시집은 볼륨도 큽니다. 조금은 또 의외구나 싶으실 것입니다. 가벼운 소설집이나 산문집만큼입니다. 제 마음의 크기, 조바심과 서글픔과 안타까움이 또한 그러하거니 살펴주시면 고맙겠습니다. 너나없이 고달픈 지구촌 여행길, 하루하루 피차의 안식과 평화, 자그만 행복을 빕니다.

2022년 신록의 계절
나태주 드립니다.

| 차례 |

1부

그래도 괜찮아

오늘 하루

자 오늘은 이만 자러 갑시다
오늘도 이것으로 좋았습니다
충분했습니다

아내는 아내 방으로 가서
텔레비전 보다가 잠들고
나는 내 방으로 와서 책 읽다가 잠이 든다

우리 내일도 만났으면 좋겠습니다
자 오늘도 안녕히!
아내는 아내 방에서 코를 조그맣게 골면서 자고
나는 내 방에서 꿈을 꾸며 잠을 잔다

생각해보면 이것도 참 눈물겨운 곡절이고
서러운 노릇이다
안타까운 노릇이다

오늘 하루 좋았다 아름다웠다

우리는 앞으로 얼마 동안

이런 날 이런 저녁을 함께할 것인가!

안녕

저녁에 잘 때 안녕
아침에 깨어서도 안녕
아내에게 하는 인사

더러는 잠든 아내를 향해
혼자 내 방으로 자러 가면서
하기도 하고

불면증으로 잠이 멀어
텔레비전을 보고 있는
아내에게도 하는 인사

언제까지 그 인사가
이어지기나 할 것인지?
아침에 깨어서도 안녕!

그럼에도 불구하고

지금 사람들 너나없이
살기 힘들다, 지쳤다, 고달프다,
심지어 화가 난다고까지 말을 한다

그렇지만 이 대목에서도
우리가 마땅히 기댈 말과
부탁할 마음은 '그럼에도 불구하고'

그럼에도 불구하고 우리는
밥을 먹어야 하고
잠을 자야 하고 일을 해야 하고

그럼에도 불구하고 우리는
아낌없이 사랑해야 하고
조금은 더 참아낼 줄 알아야 한다

무엇보다도 소망의 끈을
놓치지 말아야 한다
기다림의 까치발을 내리지 말아야 한다

그것이 날마다 아침이 오는 까닭이고
봄과 가을 사계절이 있는 까닭이고
어린것들이 우리와 함께하는 이유이다.

소망

오늘도 하던 일 마치지
못하고 잠이 든다
아니다 오늘도 하고 싶었던 일
다 하지 못하고 잠이 든다

이다음 나 세상 떠나는 그날에도
세상에서 하고 싶었던 일
다 하지 못하는 섭섭함에
뒤돌아보며 뒤돌아보며
눈을 감게 될까?

하기는 오늘 다 하지 못하고
잠드는 일, 그것이
내일 나의 소망이 되고
내가 세상에서 다 하지 못하고
남기는 그 일이 또한

다른 사람의 소망이 됨을

나는 결코 모르지 않는다.

가랑잎은 살아 있다

어려서 외할머니랑 둘이서
오두막집 꼬작집 지켜서 살 때
가을만 깊어지면 뒤뜰 울타리에
가랑잎 부시럭대던 소리
밤중에는 더욱 크게 들리던
가랑잎 바람에 맨살 부비는 소리
아무래도 나는 가랑잎이
사람들처럼 살아 있어
가랑잎이 숨 쉬는 소리라 여겼는데
이제 와 돌이켜보니 과연 그건
그런 게 아닌가 싶은 생각
내 몸의 저 깊은 곳 어딘가에
숨어 있다가 살아서 들려오는
가랑잎 바람에 몸 부비는 소리
마른기침으로 친구하자 알은체한다.

나의 아내

특별한 여자
한 사람을 소개합니다

평생 한 남자의
인생만을 지킨 여자

그 여자가 바로
김성예랍니다.

못난 아들

꿈속에서 어머니를 뵈었다
이러저러한 고비를 넘어
어머니 옆자리에 앉아
무명가수의 열창을 들으며
함께 즐거워했다
앞자리에 청양 누이가 앉아 있어
누이에게 작은 용돈을 주고
이어서 어머니에게 좀
넉넉한 용돈을 드리려고
가방을 뒤졌으나
분명 아까까지만 해도 있던 돈 봉투가
보이지 않는 거였다
애가 타서 가방을 뒤져
돈 봉투를 찾다가 그만 어머니에게
용돈 한 푼도 드리지 못하고
꿈을 깨어버렸다

어머니 그 나라에서

용돈이 궁해서 어떻게 지내시나

이렇게 나는 꿈속에서까지

못난 아들입니다

그래도 어머니 신색이 편하고

좋게 보여 그나마 좋았습니다

그 나라에서 지내시기

나쁘지 않은 것 같아

섭섭한 가운데서도 좋았습니다.

소년이여 조그만 꿈을 지녀라

북해도 여행 갔다가 보았다
홋카이도대학교 교정에 세워진 동상
동상 앞에 쓰여진 문장
보이즈 비 앰비셔스

백 년도 훨씬 전 일본 젊은이들 가르치려고
미국에서 왔던 클라크란 사람이
제 나라로 돌아가면서 남겼다는 문장
소년이여 대망을 가져라

물론 나도 그 말을 알고 있다
뜻을 제대로 알지도 못하면서
가슴에 오랜 세월 새기며 살았다
과연 그런가?

나는 이제 그 문장을 고쳐서 말하고 싶다

소년이여 조그만 꿈을 지녀라

조그만 꿈을 지니고 끝내 그 꿈을 이루어라

그것이 진정으로 그대의 성공이다.

통증

가슴이 아파 숨 쉬기 버겁다

살며시 잠에서 빠져나온다

실눈을 뜨고 본다

어디선가 가랑잎

마르는 냄새가 나는 것 같다

매캐하다

언덕을 배경으로

낮은 초가지붕 오막집이 떠오른다

황톳빛 진한 갈색이다

빛깔이 주변으로 번져나간다

둥그스름 무덤 몇 개가 보인다

무덤가에 연한 하늘빛

무릇 꽃대 가는 꽃대

가을 푸스스한 풀섶 사이

피어 있다

가들가들 흔들린다

자꾸 숨을 쉬어본다

바람 빠진 고무풍선에

바람을 넣은 것처럼

몸이 조금 채워진다

가슴의 통증이 조금 가라앉는다

다시 사르르 눈을 감는다.

안부 전화

지금 어디에 있어요?
누구하고 무엇 하고 있나요?
예전엔 그렇게 물었는데

요즘은 다만
이렇게만 묻고 말한다

별일 없지요?
네, 이쪽도 아직은
별일 없어요.

마스크

너와 나를 가른다

아니
너와 나를 합하고

너와 나를 살린다.

다시 포스트코로나

빠르게 미끄럽게
거침없이 흘러가던
화면이 어느 날
멈칫 정지 화면이 되더니
천천히 슬로비디오로
흐르는 거였다
그런데 놀라워라
빠른 화면에서 보지 못하던 것들을
정지 화면 느린 화면에서
새롭게 보다니!
놀라워라
부끄러워라
나의 어리석음
나의 어설픔
나의 옹졸함과 사악함까지
시골 할머니들

콜라병이라고 부르는

코로나19가 우리를

새롭게 철들게

하는 것이었다.

코로나 이후

코로나, 코로나19가 생긴 뒤로는
서로가 눈을 들여다보면서
눈으로 말하는 버릇이 새로
생겼어요

사람과 사람 사이
마음이 더 가까워지고
따뜻해졌어요

사진을 찍을 때도 웃으라 해요
마스크로 입과 코를 가렸는데도
웃으면 사진이 환해진다 그래요

어쩌면 산들도 서로 바라보며
웃으며 얘길 나누고
강물이나 나무들도

그건 그럴 거예요.

채송화

난쟁이 꽃
땅바닥에 엎드려 피는 꽃

그래도 해님을 좋아해
해가 뜨면 방글방글 웃는 꽃

바람 불어 키가 큰 꽃들
해바라기 코스모스 넘어져도

미리 넘어져서 더는
넘어질 일 없는 꽃

땅바닥에 넘어졌느냐
땅을 짚고 다시 일어나거라!

사람한테도 조용히

타일러 알려주는 꽃.

실패한 당신을 위하여

화가 나시나요
오늘 하루 실패한 것 같아
자기 자신에게 화가 나시나요
그럴 수도 있지요
때로는 자기 자신이 밉고
싫어질 때도 있지요
그렇지만 너무 많이는
그러지 마시길 바라요
자기 자신을 미워하더라도
끝까지는 미워하지 마시길 바라요
생각해보면 모두가 다
당신 탓만은 아니에요
세상일이란 인간의 일이란
그 무엇 하나도 저절로
저 혼자만의 힘으로는
되지 않는다는 걸

당신도 잘 아시잖아요

여러 가지 일들이 서로 만나고

엉켜서 그리된 거예요

실패한 날 화가 나더라도

내일까지는 아니에요

밤으로 쳐서 열두 시까지만

그렇게 하시길 바라요

내일은 새로운 날 새로 태어나는 날

내일은 당신도 새로운 사람이고

새로 태어나는 사람이에요

부디 그걸 잊지 마시길 바라요

내일 우리 웃는 얼굴로 만나요.

그늘 아래

아이 혼자 놀고 있다
유치원 가방 등에 메고
나무 그늘 아래 혼자 놀고 있다

폴짝폴짝 뛰기도 하고
빙글빙글 돌기도 하고
저러면 안 되는데
아이 혼자 놀면 안 되는데

그러면 그렇겠지
저만큼 벤치 위에
아이를 바라보며
젊은 여자 하나 앉아 있다

아이는 처음부터
나무 그늘 아래 노는 게 아니라

엄마의 그늘 아래 노는 거였다.

식욕

식욕은 삶의 의욕

삶의 찬가

먹고 싶을 때 먹어라

마음껏 먹어라

그렇다고 너무 많이 먹어서

뚱보가 되지는 말아라

술 마시는 건 낭만의 시작

빙글빙글 돌아가는 세상이 있다

눈부시게 보이는 하늘이 있다

마실 수 있을 때 실컷 마셔라

그렇다고 술주정뱅이가 되지는 말아라

너의 식욕을 축복한다

너의 음주를 찬양한다

고기를 주는 짐승들에게 미안한 일이지만

고기도 먹고 싶을 때 먹어둬라

언젠가는 먹으라 해도

먹지 못할 때가 온다.

코로나 1

자동차 없는 거리
손님 끊긴 가게며
찻집이며 슈퍼마켓
더구나 아이들 없는 학교
인적 없는 골목

그렇게 잘난 척하더니만
눈에 보이지도 않는
조그만 생명체에게
발목을 잡힌 인간들

여름에는 너무 많은 비가 내려
고생 고생이더니
겨울엔 날씨까지 추워
고생이 많다.

코로나 2

지구 할아버지
죄송해요
우리가 제멋대로 살아서
몹쓸 병이 생겼어요

무지 무서워요
노인들은 더욱
위험하다 그래요
지구 할아버지도
조심하세요.

나에게

보석

가짜 보석

쓰레기

그중에 지금껏 내가 쓴

시들은 무엇일까?

나이

아이가 아이를 보면
몇 살이냐고 묻고

할머니도 아이를 만나면
몇 살이냐고 묻는다

아이는 제 나이와
같은가 알아보려고 그러고

할머니는 손자 나이와
다른가 알아보려고 그런다.

그 아이

겉으로 당신 당당하고 우뚝하지만
당신 안에 조그맣고 여리고 약한
아이 하나 살고 있어요

작은 일에도 흔들리고
작은 말에도 상처받는 아이
순하고도 여린 아이 하나 살고 있어요

그 아이 이슬밭에 햇빛 부신 풀잎 같고
바람에 파들파들 떠는
오월의 새 나뭇잎 한 가지예요

올해도 부탁은 그 아이
잘 데리고 다니며
잘 살길 바라요

윽박지르지 말고
세상 한구석에 떼놓고 다니지 말고
더구나 슬픈 얘기 억울한 얘기
들려주어 그 아이 주눅 들게 하지 마세요

될수록 명랑하고 고운 얘기 밝은 얘기
도란도란 나누며 걸음도 자박자박
한 해의 끝 날까지 가주길 바라요

초록빛 풀밭 위 고운 모래밭 위
통통통 뛰어가는 작은 새 발걸음
그렇게 가볍게 살아가주길 바라요.

이를 닦다가

자기가 건강한 사람이라고
생각하지 말고
아픈 사람이라고 생각해보자

자기가 새 거울이라고
생각하지 말고
깨진 거울이라고 생각해보자

자기가 성공한 사람이라고
생각하지 말고
실패한 사람이라고 생각해보자

자기가 집이 있는 사람이라고
생각하지 말고
집이 없는 사람이라고 생각해보자

세상이 대번에 달라질 것이다

사랑하는 사람이 더욱 사랑스럽고

자기까지 불쌍해져 눈물 글썽여질 것이다.

세상 속으로

아침잠에서 깨어
일어나기가 점점 힘들어진다
그래도 일어나야지
일어나 하루를 시작해야지
마치 오래 묵은 자동차
시동이 잘 안 걸리는 거나
마찬가지다
부릉부릉 겨우 시동이 걸린다
이러다가 언젠가는 아주
시동이 안 걸릴 때가 올 것이다
그래도 그때까지는
열심히 살아야지
오래 묵은 자동차를 끌고 가듯
세상 속으로 들어간다.

내상

로마의 영웅 카이사르를 죽게 한 것은 적군이 아니었다. 세상에서 가장 가까웠던 사람, 가장 아꼈던 사람, 자식같이 믿었던 사람, 브루투스에 의해서였다. 브루투스가 칼을 들었을 때 카이사르는 그 칼을 거부하지 않았다. 아들 같은 사람의 칼을 맞고 카이사르는 고요히 숨을 거두었다. 브루투스가 자신의 분신이었기 때문이다. 이런 걸 내란이라고 하고 내상이라고 부른다. 그 어떤 방법으로도 해결할 길이 없다. 보통 사람들도 일생을 두고 브루투스 같은 사람을 안 만들고 사는 것이 상책이다. 나는 대체 누구의 브루투스였으며 나에겐 또 누가 브루투스였을까? 나같이 졸렬한 인생을 산 사람도 아들딸들에게 존경받고 아내 되는 사람에게 신뢰받기가 그 어떠한 일보다 어려운 일이었음을 고백한다.

별

별은 멀다. 별은 작게 보인다. 별은 차갑게 느껴진다. 그렇지만 별은 별이다. 멀리 있고 작게 보이고 차갑게 느껴진다고 해서 별이 아닌 건 아니고 또 별이 없는 건 절대로 아니다.

별을 품어야 한다. 눈물 어린 눈으로라도 별을 바라보아야 한다. 남몰래 별을 가슴속에 품고 살아야 한다. 별이 작게 보이고 별이 차갑게 보이고 별이 멀리 있다고 해서 별을 품지 않아서는 정말 안 된다.

누구나 자기의 별을 하나쯤은 마음속에 지니고 사는 것이 진정 아름다운 인생이고 멀리까지 씩씩하게 갈 수 있는 삶이다. 그렇지 않을 때 그 사람은 흘러가는 삶을 살 수밖에 없다. 남을 따라서 흉내 내는 삶을 살 수밖에 없다.

아들아, 네 삶의 일생일대 실수는 어려서부터 네가 너의 별을 갖지 않은 것! 어쩌면 좋으냐. 내가 너에게 너의 별을 갖도록 안내해주지 못한 것부터가 잘못이었구나. 후회막급이다.

요절

일찍 세상을 떠난 사람을 이르는 말. 그것도 재주 있고 장래성 있는 사람이 일찍 세상을 버렸을 때 아까워서 안타까워서 한탄 삼아 하는 말.

나무로 친다면 싱싱하게 물이 올라 자라는 나무거나 꽃을 피운 나무거나 열매를 매단 나무가 비바람에 꺾이거나 뿌리 뽑힌 것을 이르는 말이다.

하지만 요절은 세상에서 그가 저지를 수 있는 실수를 보다 많이 줄일 수 있는 유일한 길. 그때 그 사람이 세상을 일찍 버렸으므로 뒤에 남은 사람들이 그를 애석해하고 그 애석함이 끝내 아름다움이 되고 칭찬으로 남기도 한다.

그렇다면 요절은 행운이고 기회일 수 있다. 정말로 좀 일찍 세상에서 떠났으면 좋았을 사람이 너무 오래 살아

남아 너무 많은 실수를 하는 걸 본다는 건 치욕이고 고통이다.

　나도 누군가에게 그런 치욕과 고통을 주는 사람으로 힘겨워 헐떡이는 지구에 너무 오래 빌붙어 사는 목숨인지 심각히 한번 생각해볼 일이다.

눈을 감고

아픔이 어디만큼
왔는지 본다

손끝으로 왔다가
팔뚝을 타고 올라와
가슴을 지나서
머리까지 온다
이제는 제집인 양
온몸을 휘젓고 다닌다

그래도 나는 좋은 일을 생각한다
예쁜 아이 얼굴을 떠올리고
내게 남겨진 날들을 챙겨본다
아픔이 조금씩 꼬리를 내린다
이제 가려는가
하지만 아픔은 이내

다시 나를 찾아올 것이다

눈을 감고 아픔이
어디까지 갔는지 본다.

그나마

어려서는
어른들로부터 받는 축복이 귀하고
늙어서는
아이들로부터 받는 축복이 귀한데
나는 어려서
어른들로부터 축복을
많이 받지 못하고 자랐다
조금은 안쓰러운 아이
그나마 늙은 다음, 더러
아이들로부터 축복을 받으니
다행스런 일이다.

눈물점

윗입술 오른쪽 볼 위에
숨어 있는 눈물점
어려서부터 오늘까지
나를 따라다닌 눈물점

눈물을 먹고 자란
점이 아니라
눈물을 기다리며 늘
목이 마른 눈물점

나를 사랑한 이들은
한결같이 눈물점을 걱정했고
나의 눈물 많음을 또
오래도록 사랑해야만 했다.

문안 인사

어머니
핸드폰 연락처에서
지우지 못한 어머니 전화번호
문득 찾아서 전화 걸려다가
멈칫, 합니다

어머니
어머니 가신 뒤 얼마 지나지 않아
세상이 엉망진창이 됐지 뭡니까
코로나란 역병이 번져
사람 사는 형편이 징역살입니다

어머니
세상에 계실 때가 그래도 좋았어요
꽃 피고 새도 울던 좋은 세상이었어요
어머니 그 나라에서 부디

평안하시길 빕니다.

코로나 시대

마스크 쓰고
눈과 눈썹과
이마만 남겼으니
다 예쁘다
그냥 예쁘다.

눈썹 미인

코로나 이후
거리에서 만나는 여인들은
눈썹 미인
이마 미인
마스크로 입과 코와 볼
모두 가려서
눈으로만 웃어요
눈썹으로 말해요
거리에서 만나는
여인들은 모두가
이마 미인
눈썹 미인.

거울

아침에 세수하다가
거울을 볼 때마다
아버지가 나를 보고 계신다

그것도 늙은 아버지.

입속의 봄

올해도 아내가
찬바람 속에 캐온

어린 개망초
개망초 나물

고추장에 버무려
맵싸한 맛

내 입속에도
봄이 왔다가 간다.

벌

글씨를 쓰거나 젓가락질할 때마다
오른쪽 엄지손가락
관절 관절이 아프다
성가시고 괴롭다
때로는 잠자리에 누워서까지
아프다

그러게 내가 뭐라 했더냐
그 손가락과 손목 적당히
써먹으라 하지 않았더냐
글씨를 너무 많이 쓰고
컴퓨터 타자기 너무 오래 두드리고
호미질도 요즘엔 너무 많이 한 게야

육체가 나에게 벌을 내린다
애야 너에겐 몸이란 것이 있다는 걸

잊지 말아라

아프고도 성가신 일이지만

한편으론 고마운 일이다.

인생 1

아버지가 가지 말라는 길로
걸어온 나

내가 가지 말라는 길로
가고만 있는 아들

끝내는 하나의 길이
되기도 한다.

인생 2

자전거를 타고 가다가
같은 장소에서 두 번이나
넘어져서 무릎을 깼다

아, 인생이란
그렇게 하면 안 된다는 것을
배우는 것이구나!

새삼 깨닫게 되었다.

끼니때

전화로 직접 말하거나
문자메시지나 카톡으로 말하거나
지금 어디 있어요?
밥이나 먹었어요?
그렇게 묻는 사람이 있다면
그 사람이 또 여자라면
아내이거나 누이이거나 딸이거나
애인이 틀림없다
어디에 살든지 나이가
몇 살이든 상관없이.

더딘 인생

꽃을 길러본 사람은 안다

그것도 일년초나 숙근초

기껏 여기 살아라 심었는데

다음 해에 보면

그 자리의 꽃은 사라지고

엉뚱한 곳에 그 꽃의 새싹이

나서 자란다는 것

꽃들은 살라는 곳에서는 살지 않고

저 살고 싶은 곳에서 산다는 것!

그것은 사람의 일도 마찬가지

이렇게 작은 일 하나 알기에도

나는 칠십 년을 보내야 했다.

옛집

너무 오래
신세 지고 있는 거다
내구연한이 점점
줄어들고 있는 거다

또래들 여럿 이미
옛집을 비우고 떠났는데
나만 이렇게 늦게까지
뭉긋거리고 있는 거다

언제쯤 벗을 것인가?
낡을 대로 낡은
누더기 육신
누추한 마음.

지지 않는 꽃

하루나 이틀 꽃은
피었다 지지만

마음속 숨긴 꽃은
좀 더 오래간다

글이 된 꽃은
더 오래 지지 않는다.

원로 교사

나는 교장도 교감도 아니지만
학교에서 수업을 하지 않는다
종일 사무실에서 사무만 보면서 지내는데
늙은 교사라서 대접받아서 그런 것이다
하지만 나는 가끔은 아이들이 그리워서
다른 선생님들의 교실을 기웃대고
점심시간이나 쉬는 시간 같은 때
아이들이 북적대는 교실 복도나 운동장을
뒷짐을 진 채 괜스레 왔다 갔다 그런다
어떤 땐 아이들이 만들기 수업을 하는 것을
보러 가기도 하고
음악 수업이나 체육 수업을 하는 것을
보러 가기도 한다
그러면 조금씩 마음이 편안해지고
몸에서 빠져나가던 생기가 조금씩 돌아온다
방전된 핸드폰이 충전되는 것처럼 말이다.

*

학교를 떠난 지 벌써 십사 년. 지금도 가끔은 학교에서 선생으로 일하는 꿈을 꾼다. 그것도 교감 자격을 가졌으면서 교감으로 발령받지 못하는 교사로 일하는 꿈. 다른 선생들에게 괄시받고 무시당하는 것이 서러운 꿈. 어쩔 수 없이 나는 아직도 선생인가 한다.

이불 속에

손 시려 두 손 맞잡았다가
팔짱을 끼고

발 시려 두 발 모았다가
다리를 오므린다

오소소
추워서

어머니 어머니
외할머니 보고 싶다

다시 어린아이로
돌아가고 싶다.

해 저물 때까지

모처럼 혼자 집에 있는 날

해 저물 때까지
아내가 돌아오지 않으니
많이 기다려지고 허둥대는 마음
다급한 마음

아마도 아내는
더 많은 날 더 오래오래
그러했을 터
뒤늦게 미안해지는 마음.

너무 잘하려고 애쓰지 마라

너, 너무 잘하려고 애쓰지 마라

오늘의 일은 오늘의 일로 충분하다

조금쯤 모자라거나 비뚤어진 구석이 있다면

내일 다시 하거나 내일

다시 고쳐서 하면 된다

조그마한 성공도 성공이다

그만큼에서 그치거나 만족하라는 말이 아니고

작은 성공을 슬퍼하거나

그것을 빌미 삼아 스스로를 나무라거나

힘들게 하지 말자는 말이다

나는 오늘도 많은 일들과 만났고

견딜 수 없는 일들까지 견뎠다

나름대로 최선을 다한 셈이다

그렇다면 나 자신을 오히려 칭찬해주고

보듬어 껴안아줄 일이다

오늘을 믿고 기대한 것처럼

내일을 또 믿고 기대해라

오늘의 일은 오늘의 일로 충분하다

너, 너무도 잘하려고 애쓰지 마라.

된장찌개집

우리 엄마 잘 만드는 음식은
된장찌개 한 가지

그래도 손님이
많이 찾아온다.

2부

—

너무 애쓰지 마라

버스정류장

검은 눈썹 초승달 눈썹 아래
역시나 검고 기인 속눈썹
핸드폰 골똘히 들여다보며
깜짝깜짝 놀란 듯 열렸다
닫힐 때마다 우주가 한 번씩
열렸다 닫히기도 한다
저는 모르리
제가 우주 자체이고
제가 우주를 속눈썹으로 열었다
닫았다 하는 것을
어여뻐라 저 자신도 모르는
어여쁨이여 미지의 처녀여.

사막의 강

사막에도 강이 있다
아니, 모래밭을 할퀴고 간
물줄기의 자국을 본다
그 막막함
그리고 목마름

사막에도 비가 내린다
관광버스 유리창을 치받으며
줄기줄기 소낙비로 쏟아지는 비
모하비사막 검은 모래밭 위로

사막을 건너가면서
영화 이야기를 들었다
사막을 배경으로 전개되는
러브 스토리, 실은 허황하기
이를 데 없는 이야기

사랑의 이야기란 모두 그런 게 아닐까
부질없어서 안타깝고 마음에 와서
때로는 꽃이 되기도 하고
옹이가 되기도 하는

객지에서 여행길에서 만난
사람과의 뜬구름 같은 사랑이여
한 시절은 그런 사랑에
목이 메어 살기도 했더란다.

오아시스

어이없어라
짐작하지도 못한 곳에
느닷없는 조그만 호수
아니면 커다란 우물

무너지고 부서지고
미끄러지는 모래 산
모래밭 그 어디쯤
철렁 하늘빛까지 담아서
목마른 생명을 기르는
비현실 풍경

우리네 인생에서도
그런 행운의 순간
놀라운 반전이
있었을까?

그것이 너한테

나였다면!

나한테 또한

너였다면!

발을 깨운다

어렵게 힘들게 저녁 시간
잠을 이루고 난 아침
뜨거운 물 한 잔 끓여
우선 마시고
그다음에 하는 일은
손으로 다리를 주무르고
골고루 발가락과 발바닥을
쓰다듬어주는 일
이제 자네도 일어나야 해
일어나 오늘도 나와 함께
일을 해야지
먼 길 떠나야 하고
좋은 사람 낯선 풍경들
만나러 가야 해
나보다 먼저
자네가 한 발자국

먼저 가주기를 부탁해

날마다 아침마다 그렇게

발을 깨운다.

눈물 찬讚

하늘에 별이 있고
땅 위에 꽃이 있다면
인간의 영혼에는 눈물이 있지요.

능소화 지다

사랑은 잠깐
잠깐이어서 사랑이어요

꽃 피는 것도 잠깐
잠깐이어서 꽃이어요

사랑이 떠난 자리
꽃이 진 자리

그대 돌아올 날
기다려도 좋을까요?

다시 꽃 필 날
믿어도 좋을까요?

꽃밭 귀퉁이

해바라기보다는 봉숭아
봉숭아보다는 채송화

쪼그리고 앉아서 눈을 맞추며
안녕 안녕 잘 있었니?

눈을 맞추고 웃으며
사랑해 사랑해 말해주면

채송화꽃이 웃고
봉숭아꽃도 웃고

해바라기 해바라기꽃까지
따라서 웃는다.

외눈 뜨고

외눈 뜨고
보는 세상
더 예쁘네

하마터면
못 보았을
너의 눈썹

새로 하얀
하얀 이마 위에
초승달 두 채

눈물이
그렁그렁
더욱 예쁘네.

하늘 이별

날마다 만나도
만나고 싶은 사람
눈앞에 있어도
보고 싶은 사람

이제 어디서도
볼 수 없으니
보고 싶어서
나를 어쩌나!

하늘 커튼을 열고
여기 보아요
하늘 쪽창을 열고
나를 좀 보아요

나 여기 있어요

나 여기 잘 있어요
거기도 잘 있나요?
날마다 별일 없나요?

흰 구름 보고
손 흔들어 인사합니다
하늘을 향해 꾸벅
절을 합니다.

이른 봄

생각만 해도
잠시 생각만 해도
가슴에 조그만
등불이 켜진다

목소리만 들어도
얼핏 목소리만 들어도
말랐던 샘물에
물이 고인다

그러함에 너의 눈썹
너의 눈빛 스쳤음에랴!
화들짝 잠든 나뭇가지
꽃 피우기도 했을라.

제비꽃 옆에

잊고는 살았지만
아주는 잊고
살았던 건 아니다

해마다 제비꽃
다시 필 때면
그리움 살아오곤 하던
짙은 바다 물빛

뿐이랴 바람에
가늘게 떨면서
흐느껴 울기도
했을 것이다.

너를 만나는 날

개나리 울타리

일 년 내내 그저 푸른빛

잡목처럼 어둑하게

웅크려 있다가

봄 되어서야 제일 먼저

노랑 등불 조그만 종 꽃부리

꽃을 피워서

하늘을 다 비추고 있다

낮이면 햇빛이 와

놀게 하고

밤이면 온갖 별들 달빛도

찾아와

속삭이다 가게 한다

오늘은 비록 내 마음

시무룩하지만

머지않아 널 만나는 날

나도야 또한 개나리

울타리처럼

그럴 것이다

개나리 울타리에

와서 우는

조그만 이름 모를 새들처럼

나도야 기뻐서

지절거릴 것이다.

동화

내 시의 좋은 독자 가운데

한 처녀 이름은 동화

동화야 동화야

이름 부를 때마다 마음이

따뜻해지고

맑아지고 순해진다

흐린 세상 바라보는 눈길조차

깨끗해지고 편안해진다

그 처녀 영혼이 맑고 아름다운 탓도 있지만

이름이 동화라서 그런 거라고 나는 생각한다

아닌 게 아니라 나는 동화를 좋아한다

나의 침대 머리맡에 동화책이 여러 권

피노키오, 알프스의 소녀 하이디,

그리고 안네의 일기

밤에 잠을 잘 때 동화책 읽다가 자면

잠이 잘 온다

자면서 악몽을 꾸지 않아서 좋다

동화야 동화야

오래 나를 지켜다오

얼굴 자주 보고 이야기 많이 나누자꾸나.

오후의 카톡

전화 안 받네

바쁜가봐

회의 중 아니면 미팅

잊지 마

오늘도 바쁘게

힘들게 보냈지만

오늘도 소중한 한 날

지구 여행 가운데

한 날이라는 것

여전히 반짝이는 날이고

숨 가쁘도록

벅찬 날이라는 것

오늘 일정 잘 마치고

집에 돌아가

찬물에 발을 씻고

잘 쉬길 바람

멀리 있지만 언제나

내가 네 곁에 함께

있고 싶어 한다는 것

잊지 말아줘

오늘도 아침

자전거 타고 가다가

새로 솟아 반짝이는

사철나무 이파리

야들야들 이파리를 보았단다

잠시 그 이파리를

너라고 생각해보았단다.

카톡 문자

오늘은 흐린 날
그래도 푸르른 나무
초록을 보자
그러면 마음에
초록 물이 들어와
마음에 힘이 솟는다

가끔은 비가 오는 날
그래도 활짝 핀 꽃
분홍을 보자
그러면 마음에
분홍 물이 들어와
마음이 밝아진다

나에게 너는
흐린 날의 초록 나무

비 오는 날의 붉은 꽃

너로 하여 내가 산다

내가 견딘다.

클로버 이파리

클로버 이파리는 세 장
한결같이 세 개의 손바닥
하늘 향해 펴들고 있다
그 가운데 네 장의 이파리는
없을까?
길 가다가 쭈그려 앉아
들여다본다
네 잎의 클로버는
행운을 가져다준다기에
네 장의 클로버 이파리를 찾으면
따다가 너에게 주어야지
그런 때 너는
네 잎의 클로버가 되기도 한다
세 장의 클로버 이파리들 사이에
드물게는 네 장의 클로버 이파리.

내일

이 세상은 결코 천국이 아니고
세상 사람들은 또 천사가 아니다
그렇지만 세상을 천국이라
여기고 살면 때로 세상이
천국이 되고
세상 사람들도 천사가 되는 게 아닐까?
내일은 너를 만나는 날
너를 만나는 그곳이 천국이 되고
네가 또 천사가 아닐까?
오늘부터 나는 천국을 살고
천사를 만난다.

해운대 바닷가

이러지도 못하고
저러지도 못하는 마음

그렇다고 무엇을 어떻게
하자는 말은 아니다

다만 막막하고 서럽고
안타깝기만 한 조망

이제 여기서 우리 나뉘면
언제 다시 만날까?

맑고 푸른 하늘인데도
흐려 보이는 하늘

확 트인 시야인데도

눈길이 머뭇거리는 바다.

오직 너는

많은 사람 아니다
많은 사람 가운데
오직 너는 한 사람
우주 가운데서도
빛나는 하나의 별
꽃밭 가운데서도
하나뿐인 너의 꽃
너 자신을 살아라
너 자신을 빛내라.

별을 안는다

너를 안으면 별의 냄새

하늘 허공을 흐르다가

지친 별 하나

내 가슴에 와

머무른다는 느낌

고독의 냄새

슬픔의 냄새

아 사랑의 예감

나는 그만 눈을 감는다

나는 그만 어지러워

어지러워……

길 잃은 별이 된다

이제 어디로 가야 하나?

나는 또 그렇게 흐른다.

사랑은 그런 것

예쁘면 얼마나 예쁘겠나
때로는 나도 내가
예쁘지 않은데

좋으면 얼마나 좋겠나
때로는 나도 내가
좋지 않은데

그만큼 예쁘면 됐지
그만큼 좋으면 됐지
사랑이란 그런 것이다

조금 예뻐도 많이
예쁘다 여겨주면
많이 예뻐지고

조금 좋아도 많이

좋다고 생각하면

많이 좋아지는 것이 아니겠나.

다시 이십대

창밖에 달빛
너인가 싶어
혼자서는 쉽게
잠들지 못하던
그런 시절이
나에게도
있었더란다.

나비 목걸이

내 눈을 좀 보아라

내 눈 속에 네가 있고
나비 목걸이가 있다면
내 마음속에
네가 들어와 살고 있고
나비 한 마리 따라와
나의 마음속 하늘을
날고 있다는 증거!

거짓말 같지만
믿어도 좋다.

은빛

처음 만난 처녀
예쁜 손
예쁜 손가락

둘째 손가락에
은빛 가늘은
가락지

왜 그 손가락에
가락지를 끼웠나요?
예쁘라구요

쨍하게 울리는
그 목소리가
또 은빛이었다.

대화

오래 안고 있어서 답답하니?

아니요

오래 안고 있어서 슬프니?

아니요

오래 안고 있어서 기쁘니?

아니요

그럼 어떤데?

그냥 편안해요

그렇구나

그건 나도 그래.

능소화 아래

바람만 불어도
가슴 설레요
붉은 꽃 입술만 봐도
가슴 아파요

그 사람 끝내 나
만나지 못해
울면서 가던 길
혼자서 떠나갔는가

능소화, 능소화 아래
나 여기 울먹이는 거
그 사람 알고 있을까
문득 고개 떨궈요.

달개비꽃

가까이 가기만 해도
물소리 들린다
오래되고 깊은 샘물에
철벙철벙 두레박 내려
물 길어 올리는 소리

갈래머리 종종머리
어린 누이도 있었지

보일 듯 말 듯 웃는
볼 위에 흐릿한 볼우물
볼우물 위에 살포시
안기던 고혹蠱惑
숨길 수 없던 수줍음.

아무래도 내가

아무래도 내가

너를 사랑하게 되었나보아

네 예쁜 모습

예쁜 목소리

맑고도 깊은 눈동자

그것을 사랑하지

않는다는 말은 아니야

그보다도 너의 영혼

너의 몸속 마음속

더 깊숙이 숨어 있는

네 눈빛보다 더 맑고도

깊은 영혼

작은 생각 작은 느낌

하나에도 파르르 떠는

악기 이상의 악기

하늘나라에서부터

데리고 온 바로 그 악기

그러나 작은 바람 하나에도

상처받을 수 있는 너의 영혼

아무래도 내가 네 영혼

가까이 가보았던가보아

아무래도 내가 너를

사랑하고 있나보아.

목걸이

네 가슴의 나비
팔랑팔랑
너를 데리고
좋은 세상으로
가줄 것이다.

만나고 돌아와

만나고 오면

하루나 이틀

마음이 놓인다

잘 있을 거야

잘 있겠지

날이 갈수록

조금씩 불안해지는 마음

흔들리는 마음

잘 있겠지

분명 잘 있을 거야

내용은 비슷한데

조금씩 색깔이

초록이나 파랑에서

갈색으로 바뀌는 마음

그래 잘 있을 거야

잘 있겠지.

알고말고

알지, 알고말고
네 걱정이 네 사랑이고
네 궁금함이 네 사랑인 걸
알지 왜 내가 모르겠니
나도 널 생각하면
이 걱정 저 걱정
궁금함이 많단다
걱정과 궁금함이 손을 잡고
길을 따라 멀리
너를 찾아 멀리 갔다가는
터덜터덜 돌아오는 날
많고 많음을 알지
내가 왜 모르겠니.

문득

창문의 종이를 만져본다
꺼끌꺼끌하다

가을 겨울
그리고 봄

볼우물이 고운 아이
지금은 내 앞에 없는 아이

그 아이가 문득
보고 싶었다.

붓꽃 새로 필 때

창 앞에 마루 앞에
머언 바다 물빛 가물가물
붓꽃 새로 피어날 때

맨발로 사뿐사뿐 걸어와
걸터앉으며 아 좋다
날씨 좋고 바깥 풍경 참 좋다
작은 소리로 속삭여주던 아이

없네 지금은 없네
붓꽃 송이 이미 지고 난 붓꽃 송이
가들가들 하늘을 받들고 서서
내가 있어요
내가 여기 있어요
그 아이 대신으로 속삭여주네

아직은 푸르고 창창하고

향기로운 오월의 하루.

웃는 인형

눈이 작아서
귀엽구나
작은 눈 아래 작은 코

그러나 크고도 예쁜 입술
붉은 꽃잎이 두 장 겹쳤네

맘껏 벌리고 웃는 입
입술 사이로 새하얀 이
자신만만 부끄럼 없는 혀

어쩌면 좋으냐
어쩌면 좋단 말이냐
그냥 귀여운걸

세상을 다

너에게 주려고 한다.

어린 벗에게

그렇게 너무 많이
안 예뻐도 된다

그렇게 꼭 잘하려고만
하지 않아도 된다

지금 모습 그대로 너는
충분히 예쁘고

가끔은 실수하고 서툴러도 너는
사랑스런 사람이란다

지금 그대로 너 자신을
아끼고 사랑해라

지금 모습 그대로 있어도

너는 가득하고 좋은 사람이란다.

*

언제쯤 네가 실수가 더욱 진실하고 아름다울 수 있다는 것을 알게 될까?
실수도 너의 인생이고 서툰 것도 너의 인생이란 것을 부디 잊지 말아라.

떠난 자취

너 지금 어디쯤 가고 있느냐
어느 구름 아래 어느 바람 따라
흐르고 있느냐

이쪽에서 좋았던 일
섭섭했던 일 모두
마음속으로 접고
너 가고 싶은 곳으로 가거라

너 좋은 곳으로 가서
너 좋은 사람들 만나
내일도 오늘처럼 잘 살아라

해 으스름 고개 숙인
꽃나무를 보면서 말한다
그늘에 덮여가고 있는

산을 보고 말한다.

사랑을 보낸다

그래 좋아
거기서 너 좋아라
좋은 바람과 놀고
좋은 햇빛과 놀고
나무가 있다면 그 또한
좋은 나무
좋은 나무 그늘 아래
너도 좋은 나무 되어
나무처럼 푸르게 싱싱하게
숨 쉬며 살아라
네가 좋아하는 사람들과 어울려
예쁘게 살아라
그게 내 사랑이란다.

사랑에게 1

사랑을 가졌는가?

그렇다면 입을 다물라

조심하라

풀들과 나무가 이미

눈치를 채고

바람이 짐작을 하고

흘러가는 구름이

엿보고 있다

사랑은 숨길 수 없는 것

숨겨도 숨겨도 밖으로

삐져나오는 것

그러니 조심을 하란 말이고

입을 다물란 말이다

사랑을 발설하는 순간

사랑은 숨을 거둔다

사랑이 아닌 그 무엇이 되고 만다

사랑은 그 자체로서

눈부신 것이고

아름다운 것이고

충만한 그 무엇이다

사랑을 가졌는가?

그렇다면 더욱 겸허하고

주변의 생명 하나하나에게

너그럽고 섬세하고

친절하라

그렇지 않으면 사랑이

사랑으로 오래 남지 못한다

사랑은 비밀

그 무엇으로도 감춰지지 않는 비밀

사랑은 사랑 그것으로 이미

완전하며 시작이요 끝

더는 없는 아스라한 세상이다.

사랑에게 2

꽃잎에 입술을 가져다 댄다
꽃잎들은 놀라
입을 다물고
외면하기까지 한다

그러나 너의 꽃잎만은
당당히 입술을 열고
나의 입술을 받아준다
더없이 부드럽고
촉촉하다

거기 천국이 있고
지옥이 더불어 있음을 나는
잠시 잊어도 좋았다.

사랑에게 3

오늘은 편히 쉬어라

어제 힘들었으니

그리고

천천히 가자

가다가 멈추는 자리가

인생이고 집이고

또 사랑이란다

나는 지금 땅끝마을 강연 가는 중

예전에도 그렇지만 나는

너를 한없이 숨겨두고 싶고

아끼고 싶은 마음뿐이란다

어느 사이 내가

너 때문에 사는 사람이 되었구나!

그냥 목을 놓아

울고 싶은 심정이란다.

사랑에게 4

실은 네 생각만 해도

내 몸에 꽃이 피고

새싹이 나

어디선가 숨죽였던 물소리

도란도란 다시 살아나

개울물이 흘러

그런데도 자신이 없어

좋기도 하면서

두렵기도 한 마음

이걸 어쩌면 좋단 말이냐

그러게 말야

네 말대로 갈팡질팡

엉망이지 뭐니

어지럼증이야

그래도 나는 좋아

살아 있는 목숨이 좋고

네가 좋고

세상이 다 좋아

나의 세상은 너로 하여

다시 한번 시작하고

다시 한번 태어나는

세상이란다.

사랑에게 5

살면서 오래 살면서 한두 번

겪어봤으면

익숙해질 만도 한데

여전히 허둥대고 서툴고

낯가림하고 안타깝다 못해

한숨이 나오고

끝내 진땀을 흘리기까지 한다

어쩌면 좋으랴

어찌하면 좋단 말이냐

이 참담함을 다시 한번

어찌하면 좋단 말이냐

잠잠하라

좀 더 인내하며 기다리라

침착하라

또 다른 사랑이

나에게 이르는 말씀

그래 사랑이란 본래

끝없이 서툴고

끝없이 설레고

끝없이 가난한 마음이란다

바다여 바다 파도여

나를 삼켜 세상 끝으로만

데려가지 말아다오

벼랑 끝 끝머리 서서 나는

이렇게 울먹이고만 있다.

사랑에게 6

도대체가 만만치가 않다
호락호락하지 않다
대리석 기둥이
받들고 서 있는 궁전
초입에서부터
기가 죽는다
하늘 향해 피어 있는
우람한 연꽃
너 거기 오래 있거라
외롭고 고달파도
그냥 거기 있거라
그것이 너의 운명
우러러보는 것이 또한
나의 운명이란다.

사랑에게 7

바람 부는 날에는
치마를 입어요
치맛자락 바람에 나부끼도록

바람 부는 날에는
기인 생머리
바람에 머리칼 휘날리도록

바람이 되고 싶어
바람이 되어 모르는 땅으로
너도야 떠나고 싶어

바람 부는 날에는
바람 부는 쪽으로 서서
까치발 딛어요

들판 끝 한 그루

외로운 나무가 되어

바닷가 풀밭 풀잎이 되어.

사랑에게 8

네가 알까봐 겁이 나
네 생각만 해도 설레는 마음
너를 만나러 갈 때면 바다같이
뛰는 가슴

다른 사람들은 몰라도
너한테 먼저 들킬까봐
겁이 나

네 앞으로 가까이 갈 때
바람이 보면 또 다른
바람이 분다 하고
구름이 보면 또 다른 구름이
간다 하겠지

나비나 꽃들이 보면

그들은 또 뭐라고 할까?

아, 그건 너도 그렇다고!
그렇다면 안심이야
우리 두 마음 제멋대로
출렁이라 하고 제멋대로
두근거리라 그러지 뭐.

사랑에게 9

그래
고마워
나의 꽃잎
나의 샘물
하늘 나는 새
지절거림

그래
고마워
나의 혼란
나의 기쁨
때로 어지러움
때로는 진저리

네 앞에서는
내가

지레 죽지

죽고 말지

너의 따스함

다시 안고 싶어.

오솔길

멀리 있는 사람을 두고
말을 한다
보고 싶다고!
그리웠다고!

바람에게 말을 하고
나무에게 말을 한다
바람더러 전해달라고
그 사람 이 숲속 길
혼자 지날 때
살그머니 귓속말로
들려달라고

여기 없는 사람을 두고
말을 한다
우리 곧 만나자고!

웃으면서 만나자고!

사진을 본다

꽃 같네
붉게 웃는 입술

구름 같네
치렁치렁 검은 머리

무너지네
조그만 폭포 아래

무지개 무지개
일곱 빛깔의 마음

보고 싶어 지금
네가 보고 싶어.

미리 겁난다

너 떠나면 어쩌나!
언제나 내 눈앞에서
새몰새몰 눈물샘처럼
맴돌던 아이

생글생글 잘 웃고
눈짓만으로도 와락
끌려오던 아이

너 내 앞에서
안 보이면 어쩌나!
미리 겁난다
마음 무겁다.

마음의 거울

너는 내 마음의 거울
나의 말 나의 표정
나의 몸짓 하나하나
찾아내어 무늬를 세우는
맑고도 깊은 호수

하늘이 어리고
구름이 어리고
산과 들과 나무 더러는
새의 날갯짓 풀벌레 울음
바람 소리까지 어리는
맑은 호수

두려워라 고마워라
나의 마음 얼룩까지 어리어
거기 오래 살기 바라네

너의 맑은 영혼

너의 고운 사랑 더불어

오래 숨 쉬기 바라네.

먹구름 때

또다시 먹구름의 때가 왔다

비를 몰고 오는 구름

번개도 가슴에 안고 오는 구름

저쪽 하늘서부터

키가 크고 팔도 긴 구름이

휘적휘적 하늘을 흔들며 온다

저 구름 속에

봉숭아꽃도 들어 있고

채송화꽃도 들어 있고

해바라기꽃 분꽃도 들어 있고

그렇지 스적스적 넓은 치마 흔들며

춤을 추는 옥수수나무도 들어 있다

아 웃으며 이리로 오는

붉은 입술 새하얀 이

너의 웃음도 들어 있다

그러므로 나는 이맘때

먹구름이 좋다

먹구름 하늘이 좋다

팔을 벌려 가슴을 벌려

크게 숨을 쉰다

네가 내 가슴속으로 들어온다

사랑한다 애야

내가 너를 정말로 사랑한단다

먹구름에게 중얼거려본다.

양구 가는 길

울면서 울면서
너의 이름 새긴다

자작나무
새하얀 몸통에

그리워 보고 싶어
잊혀진 이름

낮에는 바람이
읽고 가고

밤에는 또 별빛이
읽고 가리라.

3부

—

지금도 좋아

꽃 안부

바람 부는 길거리에서

오래 못 만난 사람을 만나 인사를 나누었다

임 박사님 아드님 아니신가요?

지금도 그 집에 꽃잔디가 여전한지요?

꽃잔디요? 제가 잘 기르지 못해

아버지 계실 때보다는 많이 줄었습니다

조금이라도 남았다니 다행입니다

임 박사님 댁 꽃잔디 유명했는데요

그러게요 박용래 선생이 우리 집에 와

약주 자시고 꽃잔디가 곱다고 울기도 하고 그러셨지요

울보 시인 박용래 선생을 아시는군요

그럼요 저도 알고말고요

올해도 봄이 오려는지 봄기운이

두 사람의 대화에 끼어보고 싶은 얼굴을 하고

배시시 웃고 있었다.

리슬 한복

겨울철만 되면 입고 다니는 개량한복 두루마기 한 벌
왠지 모르게 그 두루마기만 입으면 편안한 느낌
보는 사람들도 잘 어울린다고 말해주는 한복
다른 두루마기와 달리 배냇저고리를 닮은 두루마기
전주역 앞 리슬 한복집 젊은 디자이너 황이슬이 만들어준 옷
어쩌면 편안한 느낌이 배냇저고리를 닮아서 그런 건 아닐까
좋다 어려서 어머니 품에 안겨 배냇저고리 입고 편안했으니
늙어서도 배냇저고리 닮은 옷을 입고 편안하게 살아보자
다시 어린아이로 돌아가 살다가 가는 거야
그렇다면 이 옷 지어서 입혀준 황이슬이 또 다른 한 사람
나의 모친이구나 고마운 마음 가슴에 안아본다.

우리가 세상에 없는 날

여보, 아는 사람들 만나 끼니때가 되거든 밥이라도 자주 먹읍시다. 우리가 세상에 없는 날 사람들 우리더러 밥이라도 같이 먹어준 사람이라고 말할 수 있게.

여보, 우리가 가진 것 둘이 있다면 그중에 하나는 남에게 돌립시다. 우리가 세상에 없는 날 사람들 우리더러 자기가 가진 것 나눈 사람이라는 말이라도 할 수 있게.

여보, 무언가 하고 싶은 말 많은 사람 만나거든 그 사람 말이라도 잘 들어줍시다. 우리가 세상에 없는 날 사람들 우리더러 남의 말 잘 들어준 사람이라는 말이라도 할 수 있게.

시간이 없어요. 우리에겐 시간이 많지 않아요. 하루하루가 최선의 날이고 순간순간이 그야말로 금쪽이에요.

콧등 위에 반창고 — 간호장교 김혜주 대위

예쁘다

예쁘시다

콧등 위에 반창고

거룩하다

거룩하시다

사람 살리는 저 마음

고마워요

눈물 납니다

우리의 자랑스러운 딸

코로나, 대구를 지키는

저런 딸이 있기에

우리는 기죽지 않습니다

우리는 내일을 또

기약할 겁니다

다시 일어설 수 있겠습니다.

네마 니코데무

아프리카 탄자니아, 황열병 예방주사 맞고도

하늘길 막혀 가지 못했다

내 가난하고 서럽던 어린 날

막냇누이 같고 초등학교 시절

멀리서 바라보며 혼자서 좋아했던

여자아이만 같은 여자아이

겨우 아홉 살 눈이 맑고 얼굴이 갸름하니 예쁜 아이

그 이름 네마 니코데무

보고 싶었으나 끝내 보지 못했다

물 없는 땅에 살았어도 철렁 깊고도 맑은 물

새암물 두 채 같은 눈을 가진 아이

깨끗한 밤하늘의 별빛 같은 눈을 가진 아이

학용품도 한 가방 사놓고 배낭도 두 개 사놓고

과자며 옷가지, 축구공도 하나 사놓았는데

끝내 전해주지 못하고 말았네

그러나 아이야 언제일지는 몰라도

마음에 꿈이 있고 소망의 끈을 놓지 않는다면
분명 우리가 만날 날이 오기는 올 것이다
만나는 그날까지 맑고도 깊은 두 개의 우물물
잘 지키며 잘 자라고 있거라
밤하늘의 별빛같이 초롱한 너의 마음
잘 간직하며 기다리고 있거라.

지구의 딸 — 피아니스트 손열음 1

소리와 함께 죽고 소리와 함께 다시 살아난다

살랑바람으로 소슬바람으로 아니 이슬로

하늘 나는 새의 날갯짓으로 가볍게 가볍게

아니 아니 강물로 대지를 질펀히 적시는 힘센 강물로

불끈 솟아 다시 살아난다

대지를 적시고 하늘을 적시고 인간의 숲을 적신다

소리의 힘 어찌나 아름답고 서럽고 힘이 센지

지구를 감싸 안고 돈다

말기의 행성인 지구도 그 소리를 듣고 잠시

힘을 얻어 고른 숨을 쉰다

걱정 근심을 놓고 속삭인다

딸아 딸아 어여쁜 딸아 너 오래 함께 우리와 있어다오.

어여쁜 여자 — 피아니스트 손열음 2

바다를 몰아다 산에다 들이붓고
산을 지어다 바다에 내던지는
어여쁜 여자의 손가락이여

하늘을 거두어 땅에 내동댕이치고
땅을 말아서 하늘에 뿌리는
우렁찬 고요와 침잠沈潛이여

몸이 그대로 악기
표정이며 몸짓이 그대로 음악
저 어여쁜 여자와 더불어 내가
한국 사람인 것이 못내 가슴 벅차다.

향기로

향기는
자랑하지 않는다

향기는
고집부리지 않는다

다만 하나가 되어
서로를 사랑할 뿐이다

당신,
나의 향기가 되어주십시오.

손님

먼 데서 왔다고
차비로 쓰라고
대문까지 나와
돈 봉투 하나를 내밀었다

주머니에 남은 차비가
아직은 있다고
돈 봉투를 끝내 받지 않았다
기분이 나쁘지 아니했다

그건 아마 주인도
그랬을 것이다.

미친 서울

너라면, 바로 그
사람이 너라면
너한테 붙잡혀서
한 생애를 벙어리로 살고
귀머거리 앉은뱅이로
살아도 좋겠다

너의 눈만 들여다보며
너의 얼굴만 올려다보며
한 번이라도 너에게
안겨볼 날을 꿈꾸는 애완견 되어

네 예쁜 발가락, 네
맨발 아래 웅크려 주저앉은 채
눈물 그렁그렁 하늘 우러르듯
너의 눈만을 우러러

마치 한 마리 반려견 되어.

나도 어쩔 수 없어요 — 직지사 그리움

부처님 손으로 곧장
가리키시는 곳, 어디인가요?
그곳이 극락의 정토 연꽃의 나라
세상의 근심 없고 거짓 없고
아픔 없는 곳

나 그곳에 가고 싶어요
그곳에 가서 그냥 바람이 되고
나무나 풀이 되고 벌레가 되고
그냥 바람과 수풀의 그늘이
되고 싶어요

아니에요 아니에요
나 정말은 아무것도
되고 싶지 않아요
그냥 그곳에서 바람에 흩어지는

뎅그렁 허공이 되고 싶어요

정이나 억울하고 분하면
스님들 가꾸시는 채소밭
푸른 잎 채소가 되든지 말든지
담벼락에 기웃대는 저녁 햇살이나
달빛 한 줌이 되든지 말든지

이제는
당신이 알아보든지 말든지
나도 어쩔 수 없어요.

하산길

만남은 비록 한 번이고 짧았지만
함께한 시간 깊고 그윽했기에
잊히지 않을 것이네
하산길 전해 들은
어린 시인 지망생의 일생과
절간 앞에 새로 일군 꽃밭과
휘청 비틀거린 발걸음과
산사의 바람과 풍경 소리와
물소리와 귀룽나무와 산사나무와
돌자갈밭 비탈길과 동명 스님과
아 모든 것들의 생명과 부질없음과
그래도 남는 그리운 마음과 사랑과
안타까움과 끝내 지워지지 않는
안개구름의 서러움과
넘어지지 말라고 잡아주던
은 작가의 작고도

야물딱스럽던 손과…….

.

먼 곳

네팔 히말라야를 보러 가려고
집 떠나는 시인에게
시인의 아버지가 물었다
아들아 이번엔 어디로 가는 거냐?
네, 아버지
이번에는 아주 먼 곳으로 갑니다
먼 곳이라?
그래, 부디 몸 성히 잘 다녀오너라
아들이 그 먼 곳에 가 있는 동안
아버지는 그만 더 먼 곳으로
여행 떠나고 말았다
그곳은 아들의 지도에도 없는
먼 곳이었다.

중흥사에서 — 동명 스님

함부로 쉽게 왔지만
함부로 쉽게는 가지 못하리

물소린가 바람 소린가
내 마음속 소란 소린가

한사코 나를 붙잡고
놓아주지를 않네.

*

동명 스님은 십 년 전 속가에 계실 때는 차창룡 시인. 내가 만났을 당시는
북한산 중흥사 총무 스님. 아래와 같은 답시를 보내왔다.
"처음 만났지만 오래 만난 것처럼/말하지 않고도 많은 말을 했네/가신다고
아주 가심 아니지만/가시면 다시 오심 무엇으로 기약하리."—「중흥사에서
나태주 시인과의 만남」

산 시인 — 동명 스님

아, 스님
아니 산에서 사는 산 시인님
그 깊고도 서러운 산속에
그토록 맑고도 환한 얼굴
천진한 웃음이라니요!
세상의 어떠한 꽃이 그토록
환하고 그윽하리요
나 비로소 그곳에서
비워내고서도 가득한
세상을 보았다 하고
내려놓고서도 완전하고
넉넉한 마음을 만났다 하리
부디 시인이시여
스님이시여
그 나무들 푸르름 곁에
바람 소리 물소리

풍경 소리 곁에 적막 고요

속살 곁에 그냥 계시라

지금처럼 어제처럼

또 내일처럼 오래오래

귀룽나무들 데리고

귀룽나무처럼

돌밭길 계단 다리 삐끗

오래 살고서도 여전히 청청

더 오래 살 산사나무 그 곁에.

*

며칠 뒤, 동명 스님이 보내준 답신은 이러했다.

"저는 시인이 아닙니다/당신이 시인입니다/당신이 산사나무입니다/당신이 산딸나무입니다/당신이 귀룽나무입니다/당신은/오색딱따구리입니다/당신은 원앙입니다/당신은 까마귀입니다/당신은 도롱뇽입니다/당신은 버들치입니다/당신은 소금쟁이입니다/당신은 물입니다/당신은 산입니다/당신은 하늘입니다/당신은 노을입니다/당신은 안개입니다/당신은 이슬입니다/당신은 시인입니다/당신의 모든 것이 시인입니다/혹 지면이 모자라시면/제가 지면이 되어드리겠습니다/저는 종입니다/그 종이 위에 시를 쓰시면/저는 그것으로/영광입니다."— 나태주 시인께

두 시인

속초에 사는 두 시인이 강릉에서 문학행사를 마치고

버스를 타고 집으로 돌아가는 길

눈을 만났다

눈이라도 그냥 내리는 눈이 아니라

천지를 가리며 흐벅지게 내려 쌓이는 큰눈이었다

벌벌 떨며 운전하던 운전기사가 더는 못 가겠노라

차를 세워버렸다

두 시인은 버스에서 내려 눈길을 걷기로 했다

사람 무릎 높이까지 쌓인 눈길을

두 시인은 손을 맞잡고 두런두런 이야기 나누며

헤쳐나갔다

속초의 집에 돌아왔을 때는 새벽 세시

참으로 그건 그리운 시절 정다운 사람들 얘기

그 두 시인의 이름은 이성선과 최명길

그것이 그들의 일생이었음을 나는 뒤늦게 알게 되었다.

이성선 시비

시인의 시비는
시인의 고향마을 구석진
옛집이 있던 빈터에
귀양살이하는 사람처럼
혼자 외롭게 서 있었다
생전의 이성선 시인을
다시 만난 듯했다
깔끔하고 머쓱했다.

비원

돌아가고 싶다

꿈은 오직
하나

집으로,
당신 곁으로.

가족

아빠와 단둘이 사는 아이
학교에서 선생님
가족이 몇이냐 물었을 때
우리 집은 가족이 없어요
대답했다는 그 말
새삼스레 가슴 아프다
그 아이가 내 손자 아이가
아니라 해도 마음 아프다
아이에겐 엄마가
가족의 전부였던 것이다.

성탄절

너의 웃는 얼굴이 좋았다
너의 겸손이 좋았고
너의 부드러운 마음이 좋았다

그래서 너를 사랑했고
너를 축복했고
너를 선택했다

그러나 너의 웃는 얼굴은 가짜였고
겸손은 오만이었으며
부드러운 마음속에 칼날이 있었다

이제 너에게 준 사랑을 거두고
축복을 거두고
선택을 또한 거둔다

이제부터 너의 나라에는

이맘때 나의 약속으로 내리던

눈이 내리지 않을 것이다.

내가 없다

세상에 내가 아예 없는 날이 있다. 우선 집에 없고 오랫동안 밥벌이하던 학교에 없고 친구나 후배 시인들이랑 어울려 노닥거리던 음식점이나 술집에 없다. 그렇다고 정년 후 한동안 일하던 문화원에도 없고 행사장에도 없고 아내와 함께 다니던 수원지 산책로에도 없고 시내 어디 길가에도 없다. 아무리 자세히 둘러보아도 없다. 문학잡지 목차에도 없고 지난해 발표된 좋은 시 가려 뽑아 만든 책에도 내 이름은 빠져 있고 더러는 문인들 주소록에도 빠져 있다. 그러면 도대체 나는 어디에 있단 말인가? 내가 가르친 수없이 많은 아이들 추억 속에 있는 걸까? 아니면 우리 가족들, 아내나 우리 집 아이들 마음속에 있는 걸까? 혼자 걸어 다니는 걸 좋아하며 풀꽃을 좋아했으니 어디쯤 쭈그리고 앉아 지금 풀꽃을 보고 있거나 풀꽃 그림을 그리고 있는 걸까? 아예 풀꽃 꽃잎에 꽃물이 되어 스며버린 걸까? 그 옆에 새소리 혼자 듣다가 또 새소리 속에 빠져들어가버린 걸까? 아무리 찾아도 나는 없다. 찾다가 찾다가 지쳐서 돌아오는 길. 강변으로 뻗은 좁은 길로 자전거 타고 가는 자그만 몸집의 한 남자 노인을 보았다. 낡은 초록색 자전거였다. 어딘지 가고 있었다. 목적지가 있거나 볼일이 있는 것도 아닌 성싶었다. 그냥 천천히 가고 있었다. 노형, 지금 어디를 가시는 거요? 얼굴을 들어 이쪽을 보는데 그게 바로 나였다. 아, 저기 내가 있었구나. 나는 세상 어디에도 없고 그렇게 거기 있었다.

가인을 생각함

길이라도 바람 부는
모퉁이길
우리는 만났다
만나서 서성였다

둘이서 바람이었고
둘이서 먼지였고
또 풀잎이었다

골목이라도 달빛
서성이는 골목
우리는 서툴게 손을 잡았고
서툴게 웃었다

그러고는 서로의 눈을
들여다보며 눈물

글썽이다가 헤어졌다

끝내 우리는
바람이었고 먼지였고
또다시 달빛이었다.

꼭지 없는 차

네 살배기 겨우
말을 익혔을 때
엄마 나 이담에 시집가
꼭지 없는 차 타고
집에 올 거야
입버릇처럼 말했는데
그 딸아이 어른 되어
시집가 아이
둘 낳은 엄마 되고
공부하여 대학교 선생님 된 다음
마흔 살도 넘어
비로소 꼭지 없는 차 타고
공주로 문학강연 하러 오는 길에
집에 들른다 한다
저의 엄마 아침부터
마음이 들떠

아이에게 해줄 밥을

준비하면서

우리 딸아이 오늘

자가용 몰고 집에 온대요

상기된 낯빛으로 말하는데

그 얼굴이 또 주름진 대로

활짝 핀

여름 대낮 함박꽃이었다.

괜한 일

서울 광화문 거리
교보생명 로고를 보고
저것은 신라나 백제 시절
궁중의 아낙들이
허리춤에 찼던
장식품을 모델로 해서
만든 거라고 얘기해줬다
다산多産을 비는 마음으로
엄마 배 속의 태아 모양을
본떠서 만든 거라고 제법
유식한 설명까지 달아 말해주었다
그러자 한 사람이 말했다
나는 파랑새인 줄 알았어요
또 한 사람이 말했다
나는 강낭콩인 줄 알았는데……
두 사람 말을 듣고 보니

괜히 말해줬다 싶었다

그냥 파랑새로 알고

강낭콩으로 알게

내버려둘 것을

괜한 일을 저질렀구나 싶었다.

빵점 엄마

나보다 훨씬 나이가 어린 사람

그러나 이미 대학생 부모가 된 사람에게서

들은 이야기가 감동적이다

자기 아들이 초등학교 일학년 들어가

받아쓰기 시험 볼 때

빵점을 맞은 일이 있다 한다

아이가 돌아와 엄마 나 학교에서

빵점 맞았어요

시무룩하게 말할 때 엄마는

화들짝 웃으며 그래 빵점 맞았다고?

그러면 우리 동네 아이들 불러 빵 파티 하자

제과점에서 빵 사오고 아들의 친구들 불러와

글쎄 빵 파티를 했다고 한다

그런 뒤 그 아들 지금은 어찌되었나?

자라서 일류대학 제가 끝내 들어가고 싶어

소원하는 대학에 들어갔다 그런다

그렇다면 그 엄마는 빵점 엄마일까?

맞아 빵같이 둥글둥글하고 맛있어 쓸모 있는

엄마가 분명해

빵점, 빵 파티, 빵점 엄마, 그 속에 우리네 삶의

아름답고도 깊은 곡절이 들어 있다.

장례 일지

인천에 살던 사촌 외숙이 소천했다
어려서 외갓집에서 살 때
더러는 같은 집에서 살기도 했던 분
마음씨가 좋았다
지극히 가난하고 불우하고 배움도 부족했지만
착한 마음씨 유순한 성격 하나로 세상을
그래도 편안히 잘 건너간 분이다
1935년생 85세
그렇게 적게 산 인생은 아니지만
많이 섭섭하다
그동안 암이 발병하여 고생한다더니
호스피스 병동으로 들어가 끝내
집으로 돌아오지 못했다
그렇구나 그렇구나
한 사람의 끝 날이 그렇구나
그렇지 다 그렇게 마련이지

장례식장에 오지도 말란다

그냥 직계가족들끼리 화장으로 모셔

납골당에 안치한다 그런다

마음이 띵하다 답답하다

코로나 코로나로 오도 가도 못 하는

요즘의 장례풍토

마치 공책에 연필로 쓴 아이들의 글씨

지우개로 박박 지우는 꼴이다

얼마 후에는 나도 그렇게

지구에서 지워지는 날이 있을 것이다.

돌 거울 — 박수근 화백 그림 앞에

아버지 아버지
먼 산만 바라보시고

어머니 어머니
웃기만 하시고

누이야 누이야
너는 예쁘기만 하여라

봉숭아꽃 아래
옹기종기 장독대 근처

얼룩 돌 갈고 갈아
너의 얼굴 비칠 때까지

돌 거울에 그림 속에

영원의 하늘.

길 잃은 천사 — 정인 아기의 영혼을 위하여

하늘나라 아기 별님
하늘나라 아기 천사님
세상에 잘못 내려와
길을 잃고 헤매다 가셨네

미안해요 아기님
좀 더 사랑해드리지 못하고
좀 더 붙잡아드리지 못해서
미안할 뿐이에요

하늘나라 가서는 부디
아프지 말고 울지도 말고
반짝이는 별로만 사세요
방긋방긋 꽃이 되세요

잘못했어요 하나님

우리에게로 온 하늘의 손님

울려서 돌려보낸 우리

다만 여기 와 무릎 꿇어요.

강철의 언어 — 그리워라 조정권

일찍이 강철의 언어를 가졌던 시인

강철의 언어로
빗방울을 그리고
산을 그리고
꽃을 그리고
나비를 그리고
강물을 그렸던 시인

지극히 오만하였고
지극히 고독하였으며
더불어 아름답기까지 하고
눈부시기도 했던 시인

드디어 자신의 영혼을
산정으로 유폐시켜

춥고도 어두운 무덤에
가두어두고는 도무지
하산하려 하지 않았던 시인

강철 언어에 내상을 입어
피를 흘리기도 했으리

지금은 조금쯤 몸이 풀려서
하늘나라 뜨락 고요한 나무 수풀
그늘 밑을 와이셔츠 바람으로
거닐기도 하겠지

그리워라 조정권
누구한테보다 자신에게
정직했고 엄중했던 시인
다시는 이런 시인

만나기 어려울 것이네.

끝 집 — 계룡산 도예촌 이소 도예

세상 끝 끝머리

계룡산에서도 깊은 골

계룡산 도예촌

그 가운데서도 끝 집

끝 집에 사는

도예가 내외

그 집에 끗발 있어라

그 사내와 아낙에게

부디 끗발 있어라.

기다리는 사람

나이 칠십을 넘기고
날로 건강이 기우는 아내
자주 말을 한다

당신은 이 세상에 꼭 필요한 사람
당신이나 오래오래 살다오세요
나는 기다리기를 잘하는 사람
먼저 가서 기다려줄게요

여보 그런 소리 말아요
거기서 기다리지 말고
여기서 더 오래 기다려줘요!

뜨락에서의 일 — 육근철 시인

모처럼 짧은 소식 전합니다
우리 집 매화나무 매화꽃
두어 송이 피었습니다

힘든 겨울을 등에 지고
바쁘게 달려와 봄이 왔노라
가쁜 숨 몰아쉬며
입을 벌렸습니다

꽃을 심어준 마음이 저렇거니
나는 또 꽃나무 아래서
짐작해봅니다

오늘도 지상에서의 힘들지만
아름답고 서러운 한 날이
이렇게 저물고 있답니다.

사람 꽃

전화번호가 바뀌지 않았느냐 물었다
나는 전화번호를 바꾸지 않았을뿐더러
다른 것들도 바꾸지 않았다고 대답했다

아내도 바꾸지 않았고
아들딸도 바꾸지 않았고
집 주소도 바꾸지 않았고
자전거 타기도 바꾸지 않았고
시 쓰는 일도 바꾸지 않았고
내가 좋아하는 사람들에 대한 생각도
바꾸지 않았을뿐더러
하늘도 바꾸지 않았고
땅도 바꾸지 않았다고 말해주었다

그러자 그녀가 빵 터지며 웃었다
여름에도 검정 털모자를 쓰고 있는 여자

내일엔 항암주사를 맞으러 병원에 간다고 했다

그녀가 한 송이 꽃이었다.

가을과 봄날 사이 — 박용래 시인

봄 되면 꽃잔디

붉은 꽃잎만 봐도 흥분하고

가을이면 코스모스꽃 하양 분홍

더러는 빨강

꽃잎만 만나도 혈압이 올라

비틀거리던 초로의 남정네

일찍 세어버린 하얀 머리칼

호리호리한 몸매

보고파라 그리워라

봄이면 꽃잔디 앞에서

가을이면 코스모스 뒤에서

봄과 가을 사이

또다시 가을과 봄날 사이.

축복

올해도 오월 오일
어린이날 아침
윤효 시인과 통화하다가
통화 마칠 때 느닷없이
윤효 시인
어린이날 축하드려요
그 말에 허허 웃으며
우리가 뭐 어린이인가!
전화 끝내고 생각해보니
시인은 어린이여야 한다는 말
결단코 그 말은
헛된 말이 아니었다.

메리 포핀스

비행기 타고 유럽에
가고 싶은 날은
메리 포핀스에 간다

메리 포핀스에 가면
유럽에 가서도 볼 수 없는
유럽이 있고

유럽에 가서도
쉽게 먹을 수 없는
유럽의 음식이 있다

무엇보다도 내가 좋아하는
파스타, 빠네가 있고
콜라를 맘껏 먹을 수 있어서 좋다

점심시간 한 시간

한 시간의 여유

한 시간의 낭만과 일탈

메리 포핀스에 다녀오면

하루나 이틀 기분이 좋고

가슴이 따스해진다.

모교 앞길

그 나무 아기 팔뚝만 할 때
우리도 어렸을 때
지금은 늙어 허리 구부정히
삐뚜름 서 있는
교문 앞길 은행나무
나도 늙어서 아무도
알아보는 사람 없고
많이 살았지
그래 오래 만났지
마주 보며 이야기
주고받는다.

오월, 루치아의 뜰

가끔은 세상이 사막이고
사람들이 사막이고
나 자신까지 사막으로 느껴질 때
한 마리 낙타라고 생각될 때 문득
찾아가고 싶은 집이 있으니
공주 루치아의 뜰
목마른 세상에 오아시스 같은 찻집
고달픈 사람들 지친 발길
잠시 들렀다 가도 좋겠네.

비워둔 자리 — 경주의 카페 바흐에서

다른 때가 아니지요
바로 지금

다른 곳이 아니지요
바로 여기

비록 모습 보이지 않고
숨소리 들리지 않지만

가까이 멀리 분명히
이쪽을 지켜보는 사람

그 사람 위해 앞자리
비워둔 채 차 한 잔

향기로 대신합니다

당신의 사랑과 걱정을 위해.

가을의 전갈

만나자
가을에 만나자 그 말에
쿨렁 가을이 먼저
가슴 안으로 들어와
자리를 잡았습니다

지금은 봄의 끝자락
아직은 여름도 아닌데

강변 길 산성 길
함께 거닐자 그 말에
산성 길 굽이굽이
강변 길 멀리멀리
마음속으로 들어와
펼쳐졌습니다

그것도 오래전 어여삐

헤어진 사람

오래 잊혀지지 않고

꽃으로 남았던 사람

짧은 전갈에.

영세 의원

오래되어
낡고 허름한 병원

늙은 간호사 한 사람에
더 늙은 의사 한 사람

드나드는 환자들도
늙은 사람들뿐

하지만 친절한 간호사와
더없이 섬세한 의사

평화가 거기에 있어
그나마 다행이었네.

민달팽이 — 이어령 시집 『헌팅턴비치에 가면 네가 있을까』에 드림

평생 무거운 집 한 채
등에 지고 다니며 허위허위
힘겹게 살았지요

그러다가 어느 날
어이없는 딸의 죽음
그 아픔과 슬픔으로
달팽이 등이 터져버렸습니다

'지성에서 영성으로'

민달팽이 집이 없는 민달팽이
아프게 힘들게 맨몸으로 기어서
하늘나라로 돌아갔습니다
영원히 죽지 않는
목숨이 되었습니다.

정말 모른다고 — 이어령 선생

모른다는 말을 그는
평생 모르고 살았다

모른다는 말은 그에게
수치였으며 패착이었으니까

인생의 종반에 가서야 겨우
죽음과 사랑에 대해서만은

모른다고 정말 모른다고
어린아이처럼 고백했다

가전제품 가게 주인이
골동품 가게 주인으로 바뀌는 순간

정말로 아는 것이 무엇인가를

아는 사람만이 가능한 일이었다.

사람의 별 — BTS, 방탄소년단

일곱, 7은
행운의 숫자
생명의 숫자
우주 질서의 숫자

우선, 럭키 세븐이 7
달력의 일주일이 7
어미 닭이 달걀을 품어
병아리를 깨는 날짜가
3×7이 21
애기 태어난 집 대문에
금줄을 거는 날짜 또한
3×7이 21
하늘의 북두칠성이 7, 일곱 개의 별

아, 이 땅 위에 일곱 개의 별

사람의 별이 있네
일곱의 행운
일곱의 생명
일곱의 질서
일곱의 우주

다름 아닌 한국의 노래하는 소년들
BTS, 방탄소년단
한 번도 만난 일 없지만
너도 알고 나도 알고
세계인이 알고 있는
대한민국의 자랑
아미들의 우상

한 사람씩 이름을 불러본다
RM, 진, 슈가, 제이홉, 지민, 뷔, 정국

세계인의 가슴에 노래를 심고
세계인의 가슴에 사랑을
심어 가꾸는 마음의 정원사들

늙어가는 지구 비틀거리는
지구를 살려라
젊어지게 하라
싱싱하게 하라
건강하게 하라
숨 쉬기 편하게 하라
그것이 그대들 지상명령

세계 사람들 마음 바다를 헤엄쳐 다니며
노래와 춤으로
그것도 한국말의 노래 한국인의 춤으로
세계 사람들을 싱싱하게 하라

숨 쉬기 어려운 사람들의
숨결을 살려내라
그것이 그대들 지상명령

사랑을 모르는 사람들
사랑을 잃어버린 사람들조차
사랑을 되찾게 하라
그러기 위해 무엇보다
그대들부터 강건하라 그대들
마음에도 사랑과 평안 있어라

일곱이여
7이여
일곱 소년이여, 청춘이여
대한민국의 자랑스런 일곱 노래의 일꾼
일곱의 별이여

BTS, 방탄소년단이여.

4부

—

천천히 가자

에움길

굽힐 수 없는 일을
굽히게 해주시니 감사합니다

기다릴 수 없는 일을
기다리게 해주시니 감사합니다

그나마 비굴하지 않게 하시니
더더욱 감사합니다

아, 저만큼 뚜벅뚜벅 앞서가는
한 사람, 당신이 이미 있었군요!

하나의 고백

내가 당신을 알기 전부터 당신은 이미 나를 알고 계셨군요

내가 당신을 바라보기 전부터 당신은 이미 나를 보고 계셨군요

내가 당신을 선택한 줄 알았는데 당신이 먼저 나를 선택해주셨군요

나와 함께 걷고 나와 함께 멈추고 나와 함께 잠들고 나와 함께 아프고

나와 함께 달리고 숨이 가쁘고 드디어 나와 함께 어푸러진 당신

다만 내가 당신을 눈치채지 못했을 뿐입니다

나의 앞이 아닙니다, 멀찍이 뒤도 아닙니다

바로 옆자리, 아니 나의 안에 들어와 당신은 나와 함께 숨 쉬고 있었습니다

당신이 나였고 내가 또 당신이었습니다

아 고마우셔라 앞으로도 당신 나와 함께
어려운 길 가고 벅찬 길 오르고 마지막 날까지 그러시
겠지요
물론 그래주실 줄 믿고 미리 감사드립니다.

서울 사막

서울이 사막이다
아니다
내가 사는 시골도 사막이다

지도를 펼쳐놓고 보아라
점점 사막이 넓어진다 그런다
내 마음이 더 사막이다

나는 오늘도 물병을 들고
거리를 헤매고
내 마음의 모랫길을 떠돌았다.

회심

젊어서는
발이 예쁜 여자가
마음이 예쁜 여자라고 생각했다
살다보니 발이 예쁘지 않은 여자도
마음씨가 고운 여자가 있었다
나이 먹기를 잘했구나
싶었다.

지구 할아버지

사람이 아플 때
사람만 아픈 것이 아니라
나무나 풀들도 아프고
새들이나 흰 구름도 아프고
바람이나 하늘까지 아프다
끝내는 지구도 아프다
아프냐? 많이 아프냐?
네 아파요 많이 아파요
그럴 때 사람은
지구의 마음을 짐작한다
지구는 오래 살아 할아버지다
사람들이 괴롭혀서
많이 앓고 계시는구나
신음까지 하고 계시는구나
그 마음에 가서 악수한다
아프셔요? 많이 아프셔요?

그래그래, 나도 많이 아프단다.

일인 교회

목사 한 사람에
신도 한 사람

목사 자신이
신도이기도 한

방 한 칸짜리
오두막집 교회

사막의 모래밭에 솟아난
붉은 튤립꽃.

사탄은 있는가

사탄은 있는가?

있다면 어떤 모습인가?

어떻게 다가오는가?

일단은 있다

사탄은 있다

아주 무서운 모습이거나 징그러운 모습이 아니고

아주 예쁘고 상냥하고 안쓰럽기까지 하다는 데에

문제가 있다

그래서 사탄이 사탄이다

그렇게 사람을 속인다

가끔은 가족의 일원으로 오고

정다운 친구나 이웃으로 오고

애인의 모습으로도 온다

올 때는 모른다

와서 머물 때도 모른다

그가 떠난 뒤 한참 만에 아차, 하면서

깨닫게 된다

그래 바로 네가 사탄이었구나!

하지만 이미 늦은 때

속고 만 뒤이고 당하고 만 뒤이다

보다 현명한 사람은

두 번째 사탄이 다가올 때

그것을 알아본다

유일한 방법은 피하는 길이다

숨는 것이다

그가 나를 지나갈 때까지 기다리는 것이다

맞다

사탄은 마치 태풍과 같이

우리들 인생을 밟고 지나간다

그러나 더 무서운 것은
내가 누군가의 인생에
사탄이 될 수도 있다는 것!
나의 가족에게 친구나 이웃에게
심지어 애인에게 사탄으로
갈 수 있다는 것이다
그것이 무서운 일이다.

가시

오늘 또 꽃밭 작업을 하다가 가시에 찔렸다. 작업용 실장갑을 끼고 일을 했는데 두 번이나 가시가 손가락을 찌르는 거였다. 아주 가늘고도 투명한 가시다. 지난해던가 이 장갑을 끼고 백년초라는 선인장을 다뤘는데 그때 장갑에 가시가 박혔다가 다시 내 손을 찌른 것이다. 잘 보이지도 않고 잘 빠지지도 않는 가시. 사람을 십상 성가시게 하고 아프게 하는 가시.

가시에 시달리면서 생각해본다. 나도 지금까지 누구에겐가 이렇게 성가시고 아픈 가시가 된 일은 없었을까? 살아온 날이 많으니 왜 그런 일이 없었을까. 우선 어려서 가난한 집에서 자랄 때 두레상에 둘러앉아 서로 눈치 살피며 밥을 먹었고 밤에도 이불 한 장으로 네다섯 형제가 덮고 잤으니 어린 동생들에게 내가 얼마나 많은 가시를 주었을까. 미안하다. 미안했다. 늙은 형이 미안했고 늙은 오빠가 잘못했다. 형제들에게 머리 조아려 잘

못을 빌어본다.

　교직생활도 길고 가르친 제자들도 많으니 제자들에게
는 얼마나 많은 가시를 주었을까? 또 아내와 결혼해 살
면서 아내에게는 또 얼마나 많은 가시를 주었을 것이며
아이 둘 낳아 기르면서 아이들에게는 또 얼마나 많은 무
리를 했을까. 미안하다. 미안해. 내가 잘못했다. 미안해
요. 여보 내가 잘못했어요. 그리고 아이들아, 너희들에게
도 애비가 잘못했다. 눈앞에 있지도 않은 아내와 제자
들과 자식들에게 머리 주억거리며 빌어본다.

세상을 사랑하는 법

세상의 모든 것들은

바라보아주는 사람의 것이다

바라보는 사람이 주인이다

나아가 생각해주는 사람의 것이며

사랑해주는 사람의 것이다

어느 날 한 나무를 정하여 정성껏

그 나무를 바라보라

그러면 그 나무도 당신을 바라볼 것이며

점점 당신의 것이 될 것이다

아니다, 그 나무가 당신을

사랑해주기 시작할 것이다

더 넓게 눈을 열어 강물을 바라보라

산을 바라보고 들을 바라보라

나아가 그들을 가슴에 품어보라

그러면 그 모든 것들이 당신의 것이 될 것이며

당신을 생각해주고

당신을 사랑해줄 것이다

오늘 저녁 어둠이 찾아오면

밤하늘의 별들을 우러러보라

나아가 하나의 별에게 눈을 모으고

오래 그 별을 생각해보고 그리워해보라

그러면 그 별도 당신을 바라보기 시작할 것이며

당신을 생각해줄 것이며

드디어 당신을 사랑해줄 것이다.

그것은 실수

이번 생은 무언가 많이 잘못되고 꼬여
실패라고 말하고 다음 생은
꼭 잘 살아보겠다고 말하는 분들 계시군요
그러나 아차, 그것은 실수입니다
잘못하는 생각입니다

이번 생이 있고 다음 생이
있는 게 아닙니다
정말 있다면 이번 생은
이번 생으로 한 번뿐인 생이고
다음 생은 또 다음 생으로
한 번뿐인 생입니다

어떠한 생이든 최초의 생이고
마지막 생이고
오직 유일무이한 한 번뿐인

생이란 이야깁니다

아차, 그것은 속임수입니다

속지 마십시오

속이지 마십시오

자신을 달래지 마십시오

아무리 조금 남은 인생일지라도

그것은 소중하고 아름다운 인생이며

진저리 치도록 감사한 인생입니다.

지구촌

조금만 기다려보자
참아보자
기다리고 참다보면
좋아지는 날이 올 거야
이것도 끝내는 지나갈 거야

말은 그렇게 하지만
서로 등을 기대고
안아주지도 못한 채
아직도 숨결이 남아 있네
온기가 남아 있네

지금 우리는
소리 내어
울지도 못한다.

사월 이일

꽃들이 참 많이 참을성이 없어졌다

예전의 꽃들은 꽃을 피워도

오랫동안 망설이면서

이제 꽃을 피워도 될까요

두리번거리면서 눈치를 살피면서

참고 참았다가 꽃을 피웠는데

요즘의 꽃들은 도통 그런 기색이 없다

아니 그럴 생각이 애당초 없다

내가 제일이다 내가 먼저 꽃을 피워야지

절벽에서 뛰어내리듯

허공에 알몸 던지듯 핀다

오늘은 사월 이일

공주에 벚꽃이 만발

예전에는 전혀 없던 일이다.

양지 농원

구름 위에 언덕 있네
송아지와 엄마 소가 놀고 있는
초록색 언덕

엄마 소가 흰 구름을 뿔로
떠받치고 있네
송아지는 흰 구름이
솜사탕인 줄 알고 핥아먹네

새하얀 와이셔츠 차림의
남자 여자 대학생들
반쯤 소매를 걷어 올린 채
언덕을 오르네

언덕 너머 어디쯤
딸기밭이 있다기에

하늘의 흰 구름 내려와

딸기가 된 딸기밭 찾아.

사막 시집

이제 사막을
그리워하지 않아도
좋을 것 같다

이제 사막을
찾아가지 않아도
좋을 것 같다

내 마음에 이미
모래밭 있고
모래바람 오아시스 있고

뿐더러 낙타도 있고
낙타를 모는 대상들 있고
신기루까지 있을 테니까.

반갑다

내일모레가 추석
제민천 물가에 오리들 없다

오리 구경하러 온
아이들 없고
아이들 따라온 어른도 없고

쓸쓸하다
모두가 추석 명절 보내러 갔나?
그렇다면 고기들도
없을까?

있다 고기들은 있다
가을 맑고 찬 물에
헤엄치며 잘도 논다
고기들이 반갑다.

햇빛을 찬양

오늘은 모처럼 쉬는 날
낮잠이라도 자고 싶지마는
햇빛이 너무 밝고
하늘이 너무 맑아
차마 그럴 수 없어
자전거 타러 나왔다

저 밝고 그윽한 햇빛 좀 봐
마음이 다 녹아날 것 같네
저 높고 푸르고 그윽한 하늘 좀 봐
마음이 다 빨려 올라갈 것 같네

이것은 우주가 주시는 선물
이것은 또 지구가 주시는 선물
코로나19 때문에
누리는 행운이라 말하면

너무나 그것은 야속해

그냥 햇빛이 주시는 은혜라 생각하자
볏논에 벼들을 익게 하고
과일밭에 과일들을 익게 하시는
그 크신 뜻이라 여기자

햇빛 아래 하늘 아래
건강하게 자라는 우리 어린것들의
팔과 다리
힘이 살아나는 우리들의 팔과 다리

햇빛을 찬양하자
하늘을 찬양하자
그래서 나는
자전거 타러 나왔단다.

돌아가는 길

절간 앞에서
두 손 모으고

부처님 앞에서
기도하는 엄마

엄마를 본 뒤
아기는

꽃한테도
절하고

나무한테도
두 손 모은다

흰 구름이 보고

웃어준다.

외딴집

외로움이 한발 먼저 가
기다리고 있었다

혼자서 심심해
꽃을 피워놓고

맨드라미 분꽃
시든 구절초

햇빛 아래 혼자
웃고 있었다

나도 그 옆으로 가서
꽃 한 송이 피우고

다음에 올 너를

기다려봤음 좋겠다.

천사를 만난 날

갑자기 날씨 쌀쌀해져
겨울 외투 꺼내 입고 모자를 쓰고
마스크까지 하고서
자전거를 타고 가는데

마주 오던 여자아이 둘
그 가운데 한 아이가
안녕하세요? 꾸벅
인사를 한다

나도 아이를 따라서 안녕? 하면서
자전거로 비켜 가다가
아무래도 이상하여 뒤를 돌아보았더니
같이 가던 한 아이가
인사한 아이에게 묻는다

누구야? 누군데 인사해?
그 아이 묻는 말에
무어라 대답했는지 듣지는 못했지만
계속해서 페달을 밟으면서
기분이 좋았다

그래, 오늘 나는 천사 한 사람을 만났다
비록 오늘 속상한 일이 있다 하여도
너무 많이는 속상해하지 말아야지.

어리석음

이천 년도 훨씬 전에 예수님
너무 쉽게, 알아듣기 쉽게 하신 말씀

감사하면서 살아라
기뻐하면서 살아라
용서하면서 살아라

그 말씀 너무 쉬워서
이천 년을 두고 저희들 아직도
깨닫지 못하고 삽니다.

시를 위한 기도

지친 사람에게 위로를
앓는 사람에게 치유를
시든 사람에게 소생을
나의 시가 선물할 수만 있다면

우울한 사람에게 명랑을
실망한 사람에게 소망을
화난 사람에게 평안을
정말로 나의 시가 대신할 수만 있다면

하느님 하나님
얼마나 좋을까요!

시의 출발

산골마을에 사는 아이
외로운 섬마을에 사는 아이
더러는 도회지 그늘진 골목길
키 낮은 집에 사는 아이

혼자 길을 갈 때
길을 가며 흰 구름 보고 새소리 들을 때
심심해서 콧노래 부를 때
리시버 귀에 꽂고 음악을 들을 때
외로워 쓸쓸해 세상에 아무도 알아주는 사람 없어
때 없이 울컥 울고만 싶을 때

그때에야만 정말로 문학은 필요하다
더욱 시가 가까이 마음에 다가앉는다
몇 줄의 문장은 그 아이에게
친구가 되어주고 이웃이 되어주고

이야기 상대가 되어주고 애인을

대신해주기도 한다

그리하여 그 아이의 가슴은

시로 하여 문장으로 하여

새롭게 초록이 살아나는 이른 봄의

들판이 될 것이다

비로소 어디선가 바람이 불어오고

그 아이의 가슴은 야들야들 피어나는

연둣빛 새 잎새가 되어 파들거리기 시작할 것이다

거기서부터가 문학의 출발이고

시의 출발이다.

나무

일 년에 한 차례씩
태양이 내려와
허물었다 다시 세우는

달빛과 별빛이
거들어 또다시
세웠다가 허무는

하늘의 신전
하늘의 사탑
비밀 궁전

바람의 노래가 되고
새들의 집이 되고
구름의 친구가 되는

나도 당신을 닮아

선하게 살다

돌아가게 해주세요

두 손 모아

경배드릴까 한다.

잊지 말아라

다만 지금 누군가 너를
생각하는 사람이 있다고 생각해보아라
세상 살맛이 조금씩 돌아올 것이다

다만 지금 누군가 너를 위해
기도하는 사람이 있다고 생각해보아라
세상이 좀 더 따스하게 느껴질 것이다

다만 지금 누군가 너를 위해
울고 있는 사람이 있다고 생각해보아라
세상이 갑자기 눈부신 세상으로 바뀔 것이다

어쩌면 너도 누군가를 위해
기도하는 사람이 되고
함께 울어주고 싶은 사람이
될지도 모를 일이다.

봄

이유가 따로 있는 건 아니다
그냥 봄이 봄이니까
꽃이 피어나는 거다

까닭이 또 있었던 것도 아니다
그냥 제가 풀이니까
새싹을 피우는 거다

다만 너는 어여쁜 생명
나도 아직은 살아 있는 목숨
둘이 마주 보면 더러
꽃으로 피어나기도 하고
잎으로 자라기도 하는 것이다.

안개 속으로

아침마다 강변길을 걷는다
이제는 빠르지 않은
느릿한 걸음

강변길엔 아침마다 안개가
나보다 먼저 마중 나와
서성이곤 했다

저만큼 앞장서서 가는
사람의 뒷모습은 누군가?
끝내 앞모습을
보여주지 않는 사람

맑은 날 강변길에 나가보니
사람들 대신 나무들이
줄을 지어 서 있었다.

간구

없는 것도 있게 하고
있는 것도 없게 하시는 하나님

다만 저에게는
이렇게 하옵소서

있는 것만 있게 하고
없는 것은 없게 하라.

적막

전화벨이 울린다
아무도 받지 않는다
다시 전화벨이 울린다
다시 받지 않는다
또 전화벨이 울린다
또 받지 않는다

그 모든 전화벨 소리를
나는 듣고 있다
전화벨이 울려도
전화를 받지 않는
모든 사람들을
나는 알고 있다

전화벨이 울려도
받지 않는 사람들은

모두 까닭이 있다는 것!

일으켜 세웠다

해마다 겨울 가고

봄이 오려면

나는 몸이 아프다

아픈 몸으로 꽃밭에 나가

꽃밭의 낙엽이며 겨울 동안

쌓인 찌꺼기들을 치우며

꽃들에게 속삭인다

이제 일어날 때야

잠에서 깨어날 때야

그러면 꽃들이

천천히 싹을 내민다

올해도 그렇게 나는

꽃들을 일으켜 세웠다

내가 일으켜 세운 꽃들이 또

나를 일으켜 세웠음은 물론이다.

짧은 말

보고 싶다
예쁘다
미안하다
중얼거리는 사이 그만
봄이 지나가버렸다!

그 세 마디
다시 중얼거리려면
적어도 일 년은 잘 버티며
살아 있어야 하겠다.

김제 평야

가다가 숨이 차면 멈추고
가다가 쉬고 싶으면
물웅덩이 하나 만들고
더러는 둥그런 모래언덕도 이루고

들판을 적시며 가시는
어머니여 어머니의 손길이여
비린내 가득 치마폭이여

동진강 김제 만경 너른 들
어머니의 가슴 사랑이여
자욱히 안개비 오다가 말다가
가라앉은 잿빛 하늘 아래
새로 움트는 풀이여 나무여

축복 있을진저 너희들에게도

넘치는 평화와 사랑 있으라.

무릎을 깨고

오늘 또 무릎을 깨먹었다

어려서부터 오래, 여러 차례

하던 짓이다

새로 산 전기자전거를 타고

비탈길을 내려가다가 그만

자전거와 함께 널브러진 것이다

낯선 자전거가 나에게 조심하라고

미리 겁을 준 셈인데 다행히

왼손바닥을 짚고 넘어지는 바람에

오른쪽 무릎만 깨져 피를 좀

흘린 것이다

아, 내가 아직도 피를 흘릴 줄

아는 사람이구나

자전거를 바로 세우고 무르팍의

피를 보았을 때 나는

의외로 안도의 숨을 쉬었다

아, 이번에도 지구가

나를 받아서 곱게 안아주신 거구나

누군가 보이지 않는 분의

커다랗고 거룩한 손이 나를

받아서 보호해주신 거로구나

나는 보이지 않는 지구에게

보이지 않는 그분에게

고개 숙여 인사를 드렸다

고맙습니다, 감사합니다.

데이지꽃

내가 그렇게 꽃을 좋아하는

사람인 줄 나도 몰랐지

난생처음 찾아간 나라 영국

런던에서도 남쪽 마을

서섹스대학이란 곳

정원에 피어 있는 꽃

데이지꽃

잔디밭 잔디와 어우러져

마치 하늘의 은하수 별 개천이

몽땅 쏟아져 내려온 양

새하얗게 눈부시게 피어 있었지

꽃 이름도 그때

영국 교수가 알려줘 알았지

데이지, 데이지꽃

꽃을 만나고 나서 가슴이 뛴다는 걸

처음 알았지

내가 꽃을 그렇게 좋아한다는 걸
다시금 깨달았지.

너무 잘하려고 애쓰지 마라

초판 1쇄 발행 2022년 6월 7일
초판 18쇄 발행 2025년 1월 13일

지은이 나태주
펴낸이 정중모
펴낸곳 도서출판 열림원
출판등록 1980년 5월 19일(제406-2000-000204호)
주소 경기도 파주시 회동길 152
전화 031-955-0700
팩스 031-955-0661
홈페이지 www.yolimwon.com
이메일 editor@yolimwon.com

페이스북 /yolimwon
트위터 @yolimwon
인스타그램 @yolimwon

주간 김종숙
편집 김은혜 정소영 김혜원
디자인 강희철

기획실 정진우 정재우
마케팅 홍보 김선규 고다희
디지털콘텐츠 구지영
제작 관리 윤준수 고은정 홍수진

ⓒ 나태주, 2022

ISBN 979-11-7040-060-8 03810